Fédor Mikhaïlovitch Dostoïevski

La Femme d'un autre et un mari sous le lit

Texte et illustration de couverture : © domaine public
Edition : Culturea (Hérault, 34)
Contact : infos@culturea.fr
Retrouvez notre catalogue sur http://culturea.fr
Imprimé en Allemagne par Books on Demand
Design typographique : Derek Murphy
Layout : Reedsy (https://reedsy.com/)

Dépôt légal : janvier 2023

ISBN : 9791041927203

Table des matières

La première partie de *La Femme d'un Autre et un Mari sous le Lit* (Tchoujaïa jéna i mouje pod krovatiou) a paru en janvier 1848, dans « Les Annales de la Patrie », sous le titre : *La Femme d'un Autre (Scène de la Rue)*. La seconde, ayant pour titre : *Le Mari Jaloux,* ne fut publiée dans la même revue qu'en décembre 1848, t. LXI. L'auteur rassembla les deux nouvelles sous un seul titre dans l'édition de 1860.

I.

Permettez-moi, cher Monsieur... pourrais-je vous demander ?

Le passant tressaillit et fixa non sans effroi l'homme vêtu d'une pelisse de raton qui s'adressait ainsi à lui, à brûle-pourpoint, au milieu de la rue, à huit heures du soir. Et l'on sait que si un bourgeois de Pétersbourg s'adresse soudain, dans la rue, à un autre bourgeois qui lui est totalement inconnu, ce dernier, fatalement, sera pris de panique.

Donc, le passant frémit, au bord de l'épouvante.

— Excusez-moi si je vous ai importuné, poursuivit l'homme vêtu d'une pelisse de raton, mais je... vraiment j'ignore... vous me pardonnerez sans doute... Vous comprenez que j'ai l'esprit un peu troublé.

Le jeune homme en békécha remarqua alors que son interlocuteur à la pelisse de raton, avait un air quelque peu bizarre. Son visage renfrogné était assez pâle, sa voix tremblait, ses pensées s'égaraient visiblement, ses paroles venaient difficilement. Manifestement, il lui coûtait beaucoup de formuler son humble prière à un étranger, hiérarchiquement inférieur, peut-être, soit par le grade, soit par la classe. Car il se voyait absolument contraint d'adresser à quelqu'un sa prière. Et cette demande était, en tout cas, inconvenante, inconsidérée, étrange, de la part d'un bourgeois portant une pelisse aussi élégante et un frac aussi beau, d'une merveilleuse couleur vert sombre, et qu'ennoblissait une série de décorations. Il était évident que l'homme se sentait mal à l'aise lui-même à cause de l'élégance de son costume. Pourtant, dominant son trouble, il se ressaisit par un effort de volonté, décidé à mettre fin, le plus dignement possible à la scène désagréable qu'il venait de provoquer.

— Vous m'excuserez... je suis hors de moi... il est vrai que vous ne me connaissez pas... pardon de vous avoir importuné... je me ravise...

Il ôta poliment son chapeau et s'éloigna d'un pas rapide.

— Mais voyons, Monsieur, je vous en prie. Cependant, il disparut dans la nuit, laissant le jeune homme en békécha complètement ahuri.

« Quel type ! » se dit-il.

Son ahurissement se dissipa enfin. Il redevint maître de lui-même, se rappela le motif de sa promenade et se mit à arpenter le trottoir, ne détachant pas son regard de la porte cochère d'une maison à plusieurs étages. La brume tombait et le jeune homme en fut satisfait, car on remarquait moins ses allées et venues. Seul, peut-être, quelque cocher de fiacre stationné toujours au même endroit pouvait encore le voir.

— Mille excuses !

Il tressaillit de nouveau. C'était encore le personnage à la pelisse de raton.

— Je viens une fois encore... pardon, commença-t-il. Mais vous... vous... certainement, vous êtes un homme de cœur. Ne me prenez point comme un être considéré au point de vue social... du reste, je bafouille... mais voyez l'angle humain... Vous êtes en présence, Monsieur, d'un homme qui est obligé de faire une humble prière.

— Si je puis... Que vous faut-il ?

— Peut-être avez-vous pensé qu'il s'agit de ma part d'une demande d'argent ? déclara le mystérieux inconnu. Ses lèvres se tordirent, il pâlit et éclata d'un rire hystérique.

— Je vous en prie...

— Non... il est évident que je vous dérange. Pardon... je suis moi-même un poids lourd pour moi... Considérez que vous me voyez en état de déséquilibre, presque de folie... et ne concluez pas...

— Mais au fait ! Au fait ! répondit le jeune homme avec impatience. Il eut cependant un mouvement de tête encourageant.

— Ah ! les choses changent... C'est vous, jeune homme, qui me rappelez l'affaire comme si j'étais un gamin négligent... Décidément, je perds la raison. Dites-moi franchement : comment vous apparais-je dans mon humiliation ?

Le jeune homme rougit et garda le silence.

— Permettez-moi une question franche : avez-vous vu une dame ?... Là se borne ma demande, prononça enfin d'une voix décidée le personnage à la pelisse de raton.

— Une dame ?

— Oui, une dame.

— J'avoue que beaucoup de dames ont passé...

– Évidemment ! proféra l'étranger mystérieux avec un sourire amer. Je brouille tout et ne vous demande pas ce que je voulais... Excusez-moi... Je voulais savoir si vous aviez vu une dame en manteau de renard et capeline de velours sombre avec voilette noire ?

– Non, pas de dame pareille... je ne crois pas en avoir vue...

– Oh ! dans ce cas... je m'excuse...

Le jeune homme voulut questionner l'inconnu, mais celui-ci disparut de nouveau, laissant abasourdi une fois encore son auditeur.

« Oh, que le diable l'emporte ! pensa le jeune homme en békécha, visiblement irrité. Dans un geste de dépit il releva son col de castor et se remit à arpenter le trottoir, passant, non sans prudence, devant la porte de la demeure aux nombreux étages. La colère montait en lui. « Pourquoi ne sort-elle pas ? se demanda-t-il. Il va être huit heures. »

Huit heures sonnèrent à la tour.

« Ah ! Que le diable vous emporte, à la fin ! »

– Excusez...

– Excusez-moi aussi, mais vous vous êtes fourré dans mes jambes d'une manière... qui m'a effrayé, proféra le passant qui fronça les sourcils et s'excusa encore.

– Je reviens à vous. Je dois certainement vous sembler inquiet, bizarre...

– Je vous en prie, pas de mots inutiles, expliquez-vous vite. J'ignore encore ce que vous désirez.

– Vous êtes pressé ? Voyez-vous... Je vous raconterai tout sincèrement, sans vaines paroles. Que faire ? Les circonstances lient parfois des êtres de caractères très différents. Mais je remarque que l'impatience s'empare de vous, jeune homme... Alors, donc... Du reste je ne sais comment dire... Je cherche une dame... Soit ! je ne cacherai donc rien... Il me faut précisément savoir où est allée cette dame. Qui elle est ? je suppose que vous n'avez pas besoin de connaître son nom, jeune homme.

– Alors... continuez donc.

– Alors... mais votre ton avec moi... Excusez-moi, je vous ai peut-être offensé en vous appelant jeune homme, mais je ne pensais pas vous... bref, si vous pouvez me rendre un très grand service, il s'agit... une dame, c'est-à-dire... une dame honnête, d'une excellente famille amie... J'ai été chargé... Vous comprenez... moi-même n'ai pas de famille...

– Alors ?...

– Mettez-vous à ma place, jeune homme. Ah ! Excusez-moi... Voilà que je ne cesse de vous appeler jeune homme. Toutes les minutes sont précieuses... Cette dame, figurez-vous... mais ne pourriez-vous me dire qui habite cette maison ?

– Oh ! beaucoup de gens l'habitent.

– Évidemment. Vous avez parfaitement raison, prononça le monsieur à la pelisse de raton, riant un peu pour garder les apparences. Je sens que je m'embrouille légèrement, mais pourquoi prenez-vous ce ton ? Vous voyez bien que j'avoue sincèrement, que je m'enfonce et si vous êtes un homme arrogant... Oh ! vous m'avez vu suffisamment humilié. Je parle d'une dame de conduite honnête, c'est-à-dire de mœurs légères... Excusez... je m'enfonce... comme si je parlais littérature... vous comprenez... on invente un Paul de Kock romancier léger... et le malheur vient de Paul de Kock... Voilà.

Le jeune homme jeta un regard plein de commisération sur le bourgeois à la pelisse de raton qui avait l'air complètement égaré et qui, silencieux, le fixait avec un sourire stupide, saisissant d'une main tremblante, sans aucun motif, le pan de son pardessus.

– Vous voulez savoir qui habite ici ? demanda le jeune homme qui recula légèrement.

– Vous avez dit que les locataires étaient nombreux.

– Je sais que Sophia Ostafievna, notamment, habite ici. Le jeune homme prononça ces paroles dans un murmure et comme avec un sentiment de pitié.

– Vous voyez bien... vous voyez que vous êtes au courant, jeune homme !

– Je vous assure que non, je ne sais rien...

– Je viens d'apprendre par la cuisinière qu'elle vient ici... Mais vous n'y êtes pas car ce n'est point chez Sophia Ostafievna... Elle ne la connaît pas.

– Non ? Alors pardon...

– Évidemment, tout cela ne vous intéresse pas, jeune homme. L'étrange bonhomme parlait avec une ironie amère.

– Écoutez, fit le jeune homme en balbutiant. J'ignore en réalité, la cause de votre état actuel, mais on a dû vous tromper. Parlez net.

L'autre sourit affirmativement.

— Alors, nous allons pouvoir nous comprendre, ajouta le jeune homme. Et il sembla esquisser un léger demi-salut aimable.

— Vous m'avez mortellement atteint. Pourtant, je le confesse, c'est bien cela. Mais à qui pareille chose n'arrive-t-elle pas ? Votre sympathie m'émeut profondément, avouez qu'entre jeunes gens... Je ne suis certes pas jeune, mais vous comprenez, l'habitude, la vie de célibataire... entre vieux garçons, c'est connu...

— Naturellement, c'est connu. Mais en quoi puis-je vous aider ?

— Eh bien ! mais... admettez qu'en fréquentant Sophia Ostafievna... D'ailleurs je ne sais pas encore sûrement où cette dame s'est rendue ; je sais uniquement qu'elle se trouve dans cette maison. Mais observant vos allées et venues, moi-même arpentant l'autre côté, je me suis dit... Bref, j'attends cette dame, certain qu'elle est ici. J'aimerais la rencontrer et lui expliquer l'inconvenance, la vilenie... vous me comprenez, n'est-ce pas ?

— Hum !... Ensuite ?

— Ce n'est pas pour moi que j'agis... N'allez point penser... Elle est l'épouse d'un autre. Le mari attend là-bas, sur le pont Voznessenski. Son désir est de la prendre sur le fait, mais il ne se résout pas. Il ne croit pas encore, comme tous les époux. Ici, l'homme à la pelisse de raton esquissa un sourire. Je suis son ami. Convenez-en, je suis un homme assez respectable et ne puis être celui pour qui vous me prenez.

— C'est évident. Je vous écoute.

– Alors donc, je ne cesse de la surveiller, j'en suis chargé.
Pauvre mari ! Mais je sais que la jeune dame est rusée. Les livres
de Paul de Kock sont toujours sous son oreiller, et je suis sûr
qu'elle filera, d'une manière ou d'une autre, secrètement.
J'avoue que c'est la cuisinière qui m'a instruit de ses visites ici.
J'ai bondi comme un fou dès que je l'ai appris. Je veux la pincer.
Je la soupçonnais depuis longtemps et c'est pourquoi j'ai voulu
vous demander... Vous marchiez ici... vous... vous... comment
dire ?

– Soit. Mais enfin, que voulez-vous ?

– Oui... je n'ai pas l'honneur de vous connaître et n'ose pas
être curieux... qui êtes-vous ? En tout cas, faisons connaissance,
si vous permettez. L'occasion est agréable !...

Le bourgeois, fortement ému secoua chaudement la main
du jeune homme.

– J'aurais dû agir de la sorte dès le début, dit-il encore,
mais j'ai oublié toute convenance.

Tandis qu'il s'exprimait ainsi, il jetait des regards inquiets
autour de lui, allait de droite et de gauche à petits pas et saisis-
sait, par moments, comme un homme perdu, la main de son
interlocuteur.

Il poursuivit :

– Voyez-vous... je voulais m'adresser à vous amicalement...
excusez la liberté que je prends... J'aurais aimé vous prier de
marcher de l'autre côté... du côté de la ruelle... c'est l'entrée de
service... Moi je me promènerai ici, autour de l'entrée princi-
pale : de cette manière elle ne nous échappera pas... J'avais
peur, étant seul, de la rater... et je ne veux pas la manquer. Dès
que vous la verrez, arrêtez-la et appelez-moi... Oh ! je suis fou.

Je m'aperçois maintenant seulement de toute la sottise et de l'inconvenance de ma proposition !

– Oh ! non. Comme vous voulez…

– Ne m'excusez pas… Je me sens hors de moi, égaré comme je ne le fus jamais. Comme si j'étais devant des juges. Je vous avouerai même… franc, honnête avec vous, jeune homme… je vous avais pris pour l'amant.

– Autrement et simplement dit… vous voulez savoir ce que je fais ici ?

– Honoré Monsieur, cher Monsieur… loin de moi la pensée que vous l'êtes… je ne vous salirai pas de pareil soupçon, mais… me jureriez-vous que vous n'êtes pas l'amant ?

– Eh bien, puisque vous le voulez, je vous donne ma parole d'honneur que je suis l'amant mais non celui de votre femme… Si je l'étais, je ne me trouverais pas dans la rue, je serais avec elle.

– De mon épouse ! Qui vous a parlé de ma femme, jeune homme ? Je suis célibataire… c'est-à-dire, c'est moi qui suis l'amant…

– Vous m'avez dit que le mari attendait sous le pont Voznessenski…

– Évidemment, oui… je confonds tout, mais il est d'autres liens. Et avouez, jeune homme, qu'une certaine légèreté de caractère, je veux dire…

– Allons, allons… parfait, très bien.

– En d'autres termes, je ne suis pas du tout le mari…

– Je vous crois. Mais à vous parler franchement, je vous dissuade actuellement parce que je veux me calmer moi-même. Et c'est du reste pourquoi je suis si franc avec vous. Vous m'avez troublé, vous me gênez. Je vous promets de vous appeler. Je vous supplie, pourtant, de me céder la place et de vous éloigner. J'attends moi-même.

– D'accord... comme vous voulez. Je m'éloigne, je respecte l'impatience passionnée de votre cœur. Je le comprends, jeune homme. Oh ! comme je vous comprends maintenant.

– Bien, bien...

– Au revoir. D'ailleurs, excusez-moi, jeune homme, un dernier mot. Je ne sais comment le dire... Donnez-moi une fois encore votre parole d'honneur que vous n'êtes pas l'amant.

– Ah ! Seigneur.

– Et une dernière question : vous connaissez le nom du mari de votre... c'est-à-dire de celle qui est l'objet de votre passion ?

– Je le connais, évidemment... ce n'est pas le vôtre, suffit.

– Comment savez-vous donc mon nom de famille ?

– Écoutez-moi... fichez le camp. Vous perdez votre temps. Elle aura le temps de se sauver mille fois. Eh bien, qu'avez-vous ? La vôtre a un manteau de renard et une capeline, la mienne a un manteau à carreaux et un chapeau de velours bleu. Que vous faut-il de plus ? Que voulez-vous encore ?

– Un chapeau de velours bleu ! Elle aussi met un manteau à carreaux et un chapeau bleu, s'écria l'homme qui, décidément, ne voulait pas délivrer l'autre de sa présence. Il revint sur ses pas.

– Que le diable vous emporte ! Vous ignorez donc que cela peut arriver ? Et pourquoi ? Et pourquoi m'excité-je ? La mienne ne passe pas ici.

– Où est-elle donc, la vôtre ?

– Que vous importe ?

– Je le confesse... C'est toujours...

– Ah ! Ah ! Vous n'avez donc aucune honte ! La mienne a des amis ici, au deuxième étage sur la rue... Tout de même faudra-t-il que je vous instruise du nom des gens ?

– Mon Dieu ! Mais j'ai, moi aussi, des amis au deuxième, fenêtres sur la rue, un général...

– Un général ?

– Un général. Et pourquoi ne vous dirais-je pas ? le général Polovitsyne.

– Ah ! par exemple... non... ce ne sont pas les mêmes... Oh ! que le diable emporte tout.

– Pas les mêmes ?

– Non.

Les deux hommes se turent et se fixèrent stupéfaits.

– Eh bien ! qu'avez-vous à me regarder ainsi ? s'écria le jeune homme avec dépit tout en s'efforçant de secouer son état de rêve et de stupeur.

L'autre s'agita.

– Je l'avoue...

– Non cette fois permettez... permettez... il vous faut enfin considérer les choses raisonnablement. Affaire commune. Expliquez-moi. Qui connaissez-vous là-haut ?

– Vous voulez dire... des amis ?

– Oui, des amis.

– Vous voyez bien. Je sens par vos yeux que j'ai deviné.

– Seigneur Dieu ! Non, non. Le diable l'emporte. Seriez-vous aveugle ? Je suis là, près de vous, je ne me trouve pas près d'elle. Et que m'importe, au demeurant. Parlez... Ne dites rien... faites comme il vous plaît.

Le jeune homme, furieux, tourna deux fois sur ses talons et agita son bras.

– Je vous en prie, ce n'est rien, je vous raconterai tout, honnêtement. Ma femme, tout d'abord, venait seule ici. Elle est leur parente, et je ne soupçonnais rien. Hier, je rencontre Son Excellence qui m'informe qu'il y a trois semaines il a changé d'appartement et... Non ce n'est pas ma femme, c'est la femme d'un autre, de celui qui attend sur le pont Voznessenski... Cette dame déclara qu'avant-hier encore elle allait chez eux, dans cet appartement-ci. Quant à la cuisinière, elle m'a raconté qu'un jeune homme, Bobinitsyne, a loué l'appartement de Son Excellence le général.

– Ah ! sacré nom...

– Mon cher Monsieur, j'ai peur... j'ai peur.

– Ah ! le diable l'emporte ! Je me fiche pas mal de vos peurs, de vos effrois. Oh ! tenez, quelqu'un vient de passer... là.

– Où, où ? Vous n'aurez qu'à crier : Ivan Andreievitch ! et j'accourrai.

– Soit ! D'accord ! Ah ! sacré nom ! Ivan Andreievitch !

– Je suis là ! s'écria Ivan Andreievitch revenant sur ses pas, essoufflé. Alors ? Qui ? Quoi ?

– Non, je ne faisais que... je voulais savoir comment s'appelle cette dame.

– Glaf...

– Glafira.

– Non, pas tout à fait Glafira. Excusez, je ne puis vous dire son nom.

Le monsieur respectable était devenu très pâle en prononçant ces paroles.

– Naturellement... ce n'est pas Glafira... je sais moi-même que ce n'est pas Glafira. L'autre n'est pas Glafira non plus. Et avec qui est-elle d'ailleurs ?

– Où ?

– Là-haut. Oh ! sacré nom de tous les diables !

Le jeune homme, fou de rage, ne pouvait tenir en place.

– Alors, vous voyez. Comment saviez-vous donc qu'on l'appelle Glafira ?

– Nom de tous les noms ! Je ne me débarrasserai donc jamais de vous ? Ne venez-vous pas de me dire que Glafira n'est pas le prénom de la vôtre ?

– Mon cher Monsieur, votre ton...

– Je me fiche pas mal du ton ! Est-elle votre femme, oui ou non ?

– C'est-à-dire non, je ne suis pas marié... Et tout de même je n'insulterais pas un homme respectable dans le malheur, je n'invoquerais point à chaque pas le diable en m'adressant à un être, je ne dirai point digne de tout respect, mais bien élevé. Vous ne cessez de répéter : Sacré nom ! Que le diable l'emporte !

– Eh oui ! comprenez-moi bien : que le diable vous emporte. Je le redis.

– La rage vous aveugle et je *me* tais... Dieu ! Qu'est-ce ?

– Où ?

Il y eut du bruit, des rires. Deux charmantes jeunes filles descendirent le perron. Les deux hommes se précipitèrent au-devant d'elles.

Les deux jeunes filles s'exclamèrent :

« Non ! Regardez-les ! Que voulez-vous ? »

– Qu'est-ce qui vous prend ?

– Ce ne sont pas elles !

– Ah ! vous nous avez prises pour d'autres. Cocher !

– Où allez-vous, Mademoiselle ?

– À Pokrov... monte, Annouchka, je te déposerai...

– Attends... je m'assieds de ce côté. En route. Et prends garde. À toute allure.

Le cocher partit.

– D'où venaient-elles ?

– Mon Dieu ! Mais si nous y montions ?

– Où donc ?

– Chez Bobinitsyne, pardi !

– Non, on ne doit pas...

– Pourquoi ?

– J'y serais certainement allé, mais elle sera capable de raconter... prendre des biais, je la connais ! Elle affirmera être venue à dessein pour me pincer avec une autre... finalement, j'aurais tous les torts. Si nous pouvions savoir qu'elle s'y trouve. Voyons, vous... je ne sais pourquoi... montez donc chez le général...

– Mais il a déménagé.

– Qu'importe ! Ne comprenez-vous pas ? Elle y est bien allée. Vous n'avez qu'à en faire autant, compris ? Inventez... comme si vous ignoriez le départ de Son Excellence... Vous venez chercher votre femme chez lui, et cætera, quoi !

– Ensuite ? Prenez sur le fait qui il faut chez Bobinitsyne. Sapristi ! On n'a pas idée de pareil imbé...

– Soit ! Mais de quelle utilité pour vous que je prenne en flagrant délit ?... Réfléchissez...

– Mais quoi, batiouchka, quoi ? Ne répétons donc plus... Oh ! Seigneur du Ciel ! Vous n'avez donc aucune honte ; homme ridicule et stupide ?

– Je ne saisis pas votre intérêt... Vous désirez apprendre ?

– Apprendre quoi ? Quoi ? Oh ! vraiment allez au diable ! Je n'ai que faire de vous ! J'irai très bien seul, filez, disparaissez, fichez le camp.

– Cher Monsieur, vous vous oubliez presque ! cria, désespéré, le bonhomme en pelisse de raton.

– Eh ! que vous importe ! Oui, parfaitement, je m'oublie, proféra le jeune homme, les dents serrées et s'avançant furieux sur le monsieur en pelisse. – Et ensuite ? Je m'oublie devant qui ? hurla-t-il levant les poings.

– Mais permettez, mon cher Monsieur.

– Qui êtes-vous donc ? Devant qui m'oublié-je ? Comment vous appelez-vous ?

– Pourquoi vous répondrais-je, jeune homme. Vous n'avez pas besoin de mon nom... Je ne puis le dire... Allons-y, je ne reculerai pas, je suis prêt à tout... Mais soyez-en sûr ; je mérite qu'on s'adresse à moi plus poliment Il ne faut perdre nulle part son sang-froid, même si vous êtes au désespoir. Vous êtes encore fort jeune !

— Eh ! que m'importe que vous soyez vieux ! Comme si vous étiez le premier ! Fichez le camp, qu'avez-vous à courir ici ?

— Je ne suis pas vieux du tout ! Où voyez-vous que je suis vieux ? Par mon grade peut-être ? Mais je ne cours pas...

— Cela se voit. Mais, hors d'ici !

— Non, je ne vous quitte pas. Vous n'avez pas le droit de m'interdire. Je suis comme vous mêlé à l'affaire. Avec vous je...

— Alors, plus bas, plus bas, taisez-vous !

Ils gravirent tous deux le perron et montèrent au troisième étage. L'escalier était sombre.

— Attendez ! Avez-vous des allumettes ?

— Des allumettes ? Quelles allumettes ?

— Vous fumez des cigares ?

— Naturellement... J'en ai, j'en ai... les voilà ! Attendez donc...

Le personnage à la pelisse de raton s'agita.

— Ah ! quel andou... au diable ! C'est la porte, il me semble...

— Celle-ci, celle-ci, celle-ci...

– Celle-ci, celle-ci ! Pourquoi hurlez-vous ? Plus bas !

– Mon cher Monsieur, c'est à contre-cœur que je... vous êtes un insolent personnage et c'est tout...

L'allumette flamba.

– Nous y sommes. Voici la plaque de cuivre. Je lis Bobinitsyne. Vous voyez : Bobinitsyne ?

– Je vois, je vois.

– Plus bas. Allons bon ! Elle s'éteint !

– Éteinte.

– Il faut frapper ?

– Naturellement, il faut ! déclara le bonhomme en pelisse de raton.

– Frappez.

– Non. Pourquoi moi ? Commencez, frappez...

– Couard !

– Couard vous-même !

– Mais foutez donc le camp !

– Je me repens presque de vous avoir confié un secret... vous...

– Moi ? dites : moi ?

– Vous avez profité de mon désarroi. Vous avez remarqué l'état de désespoir...

– Zut à la fin ! Je trouve cela drôle et voilà tout.

– Que faites-vous ici, alors ?

– Et vous donc ?

– Belle moralité, remarqua avec indignation l'homme à la pelisse.

– Et c'est vous qui parlez de moralité ? Vous ne pouvez...

– Mais c'est immoral !

– Qu'est-ce qui est immoral ?

– D'après vous, tout mari trompé n'est qu'un serin !

– Êtes-vous donc le mari ? L'époux n'est-il pas sur le pont Voznessenski ? Alors que vous importe ? Qu'avez-vous à vous coller ?

– Eh bien !... il me semble que c'est vous l'amant !

– Écoutez, si vous continuez sur ce ton, je me verrai contraint d'avouer que c'est précisément vous le serin...

– Bref, vous signifiez que c'est moi le mari ! fit l'homme en pelisse, reculant comme s'il avait reçu une gifle.

– Chut ! Silence !... Vous entendez ?

– C'est elle.

– Non !

– Nom de nom ! Il fait noir.

Il y eut un grand silence, puis on entendit du bruit dans l'appartement de Bobinitsyne.

– Pourquoi nous insulter, mon cher Monsieur ? chuchota le bonhomme à la pelisse.

– Mais nom d'une pipe, c'est vous qui avez pris la mouche !

– Vous m'avez jeté hors de mes gonds !

– Taisez-vous.

– Vous êtes encore un très jeune homme, avouez-le !

– Taisez-vous donc !

– Je ne puis qu'être d'accord avec vous : dans cette situation un mari est un serin.

– Vous tairez-vous, oui ou non ? Oh !

– Mais pourquoi cette moquerie méchante d'un époux malheureux ?

– C'est elle !

À ce moment, le bruit cessa dans l'appartement.

– Elle ?

– Elle ! elle ! elle ! Mais vous, pourquoi diable vous agitez-vous ? l'infortune n'est pas la vôtre !

– Mon cher Monsieur, cher Monsieur ! marmotta le personnage à la pelisse de raton qui pâlit et eut un sanglot. Évidemment, je suis dans un état anormal... Vous avez suffisamment constaté mon humiliation. Voici la nuit, mais demain... Du reste, nous ne nous rencontrerons vraisemblablement pas demain, bien que je ne craigne pas de vous rencontrer... Mais d'ailleurs ce n'est pas moi, c'est mon ami qui se trouve sur le pont Voznessenski... Eh oui, il s'agit de lui. C'est sa femme, la femme d'un autre ! Un pauvre homme, je vous assure ! Je le connais bien et si vous le voulez je vous raconterai tout. Je suis son ami, comme vous avez pu le remarquer. Que de fois je lui répétais, sachez-le : pourquoi te maries-tu, cher ami ? Tu as une situation, tu as de quoi vivre, tu es un homme honorable et tu risquerais tout pour les caprices d'une coquette ? Avouez-le ! Non, je me marierai, me répondait-il. Le bonheur de la famille... Le voilà le bonheur de la famille ! Hier c'était lui qui rendait cocus les maris, aujourd'hui il boit le calice... Excusez-moi, mais cette explication, la nécessité me l'arrache ! Il est malheureux et il vide la coupe... Et voilà...

Il venait à peine de prononcer ces mots qu'il fondit en larmes. Et ce n'était pas une comédie !

– Oui, que le diable les emporte tous ! Dieu, qu'il y en a, de ces imbéciles ! Mais vous, qui êtes-vous donc ?

Le jeune homme, dans sa rage, grinçait des dents.

– Allons, après tout cela, avouez vous-même...

– J'ai été franc, noble avec vous... alors que votre manière !

– Quel est votre nom de famille ?

– Pourquoi voulez-vous le connaître ?

– Oh !

– Je ne puis vous dire mon nom de famille...

– Connaissez-vous Chabrine ? demanda vivement le jeune homme. Chabrine ! ! !

– Quoi ? Quel Chabrine ?

Le jeune homme en békécha sembla railler le monsieur à la pelisse de raton.

– Avez-vous compris ?

– N-non ! répliqua ce dernier, frappé de stupeur. Pas du tout ! En tout cas c'est un homme respectable ! J'excuse votre impolitesse due aux tortures de la jalousie.

– C'est un fripon, une âme vénale, un pot de vinier qui a volé le fisc ! Il sera bientôt jugé.

– Excusez ! dit le monsieur en pelisse tout blême. Vous ne le connaissez absolument pas. Je vois bien qu'il vous est inconnu.

– Je ne l'ai jamais vu, c'est vrai. Mais je connais des gens très proches de lui... cette source...

– Quelle source, cher Monsieur ? Je suis bouleversé, vous le voyez...

– Imbécile, jaloux, inapte à veiller sur sa femme ! le voilà tel qu'il est, s'il vous plaît de l'apprendre !

– Permettez-moi de vous dire que vous êtes dans l'erreur la plus absolue, jeune homme...

– Ah !

– Oh !

Du bruit venait de l'appartement de Bobinitsyne. Déjà on ouvrait la porte. On entendait des voix.

– Oh ! ce n'est pas elle ! je connais sa voix. Maintenant je sais tout, ce n'est pas elle ! déclara le personnage en pelisse de raton.

Il était pâle comme un mort.

– Silence !

Le jeune homme s'adossa au mur.

– Mon cher Monsieur, je me sauve. Ce n'est pas elle. Je suis très heureux.

– Fort bien. Partez, partez !

– Pourquoi donc restez-vous ?

– Et vous-même ?

La porte s'ouvrit et le bonhomme à la pelisse, ne se maîtrisant plus, descendit en courant l'escalier.

Un monsieur et une dame passèrent devant le jeune homme qui sentit l'angoisse étreindre son cœur... Il entendit la voix de la femme qu'il connaissait, puis une voix rauque, masculine, qu'il lui sembla vaguement reconnaître.

– Cela ne fait rien, j'ordonnerai de faire avancer la voiture, déclara la voix rauque.

– Soit, très bien !

– Ce n'est pas loin... un instant !

La dame resta seule.

– Glafira ! où sont tes serments ? s'écria le jeune homme en békécha, saisissant la main de la dame.

– Ah ! Mais qui est-ce ? Serait-ce vous, Tvorogov ! Seigneur ! Que faites-vous ?

– Avec qui étiez-vous ici ?

– Mais c'est mon mari, partez, allez-vous en ! Il va revenir de suite... de... chez les Polovitsyne. Allez-vous en au nom du ciel ! Partez.

– Les Polovitsyne ont déménagé il y a déjà trois semaines ! Je suis au courant de tout.

-Ah !

La dame se précipita vers le perron. Le jeune homme la rattrapa.

– Qui vous a appris ? demanda la dame.

– Votre mari, Madame, Ivan Andreievitch, il est ici, il est devant vous, Madame...

Ivan Andreievitch se trouvait en effet près du perron.

– Oh ! c'est vous, Glafira ! s'écria le monsieur à la pelisse de raton...

– Ah ! c'est vous ? s'écria, elle aussi, Glafira, se précipitant sur lui en feignant la joie. Seigneur ! Oh ! ce qui m'est arrivé ! J'étais chez les Polovitsyne et figure-toi... tu sais qu'ils habitent maintenant près du pont Ismailovski. Je te l'ai dit, tu te rappelles. Là j'ai pris un traîneau, les chevaux s'emballèrent, prirent un galop fou, brisèrent le traîneau. Je tombai à cent pas d'ici... On a arrêté le cocher. J'étais hors de moi. Par bonheur *Monsieur* Tvorogov...

– Comment ?

Monsieur Tvorogov, le, jeune homme en békécha, ressemblait plus à une statue de pierre qu'à monsieur Tvorogov.

– *Monsieur* Tvorogov m'a vue ici et a bien voulu me conduire. Mais vous êtes là maintenant et il ne me reste plus qu'à vous exprimer ma gratitude la plus chaude, Ivan Ilitch...

La dame tendit la main au jeune homme ébahi, puis elle la serra, la pinça même.

– Monsieur Tvorogov ! Nous eûmes le plaisir de nous rencontrer au bal des Skorloupov. Je te l'ai raconté, il me semble ? L'aurais-tu oublié, *coco* ?

– Oh ! mais oui, naturellement ! Ah ! si je me souviens ! balbutia le bonhomme que la dame venait d'appeler coco, très heureux ! très heureux !

Et il serra la main de monsieur Tvorogov.

– Avec qui êtes-vous donc ? Qu'est-ce que cela signifie ? J'attends...

La voix rauque se fit entendre.

Un homme de très haute taille se tenait devant le groupe. Il mit son monocle et fixa attentivement le mari.

– Oh ! Monsieur Bobinitsyne, balbutia la dame. D'où venez-vous ? Quelle rencontre ! Figurez-vous que les chevaux ont failli me tuer il y a une minute... Mais voici mon mari ! *Jean !*

– Monsieur Bobinitsyne... au bal chez les Karpov...

– Très heureux. Mais mon amie, je vais prendre tout de suite une voiture.

– Prends-la, Jean, je suis encore toute tremblante. J'ai peur de me trouver mal. Aujourd'hui, au bal masqué, murmura-t-elle à Tvorogov... Au revoir, au revoir, Monsieur Bobinitsyne ! Nous nous rencontrerons sans doute demain au bal chez les Karpov...

– Non, mes excuses, mais je n'y serai pas demain, puisque les choses tournent ainsi aujourd'hui. Demain...

Monsieur Bobinitsyne marmotta des paroles inintelligibles, salua en faisant grincer ses bottes, prit placé dans son traîneau et partit. La voiture s'approcha : la dame s'assit. Le personnage à la pelisse de raton s'arrêta : il parut n'avoir pas la force de se mouvoir et fixa, hébété, le monsieur en békécha. Celui-ci sourit plutôt stupidement.

– Je ne sais...

— Excusez... enchanté de vous connaître, déclara le jeune homme, saluant.

— Infiniment heureux.

— Mais n'auriez-vous pas perdu l'un de vos caoutchoucs ?

— Moi ? Ah oui ! je vous remercie, merci ! je désire depuis longtemps en acheter d'autres...

— Avec ces caoutchoucs, les pieds transpirent toujours, observa le jeune homme avec une expression d'infinie sollicitude.

— Jean, ne pourrais-tu faire plus vite ?

— C'est juste, ils transpirent ! Tout de suite, immédiatement mon trésor. Conversation intéressante. En effet, ils transpirent, comme vous venez de le remarquer. Mais, je... mes excuses.

— Je vous en prie.

— Infiniment heureux de vous avoir connu... L'homme à la pelisse de raton prit place dans la voiture qui démarra. Le jeune homme demeura comme cloué sur place, jetant des regards stupéfaits sur le carrosse.

II.

Il y avait représentation le lendemain soir, à l'opéra italien. Ivan Andreievitch fit irruption dans la salle à la manière d'une bombe. Jamais encore il n'avait manifesté pareille passion pour la musique. D'habitude, Ivan Andreievitch avait grand plaisir à ronfler une heure ou deux à l'opéra italien. Il disait même à ses amis, parfois, que c'était agréable et doux. « La prima donna miaule comme une chatte blanche sa berceuse ! » Mais des mois avaient passé depuis la dernière saison, et maintenant hélas ! Ivan Andreievitch, même chez lui, ne dormait plus la nuit. Pourtant, ce fut comme une bombe qu'il entra dans la salle bondée. L'ouvreuse frémit en le regardant avec méfiance et alla jusqu'à fixer l'une de ses poches, presque sûre d'apercevoir le manche de quelque poignard. Il faut remarquer, à ce propos, que deux partis venaient de se constituer ; chacun soutenait sa prima donna. Ils s'appelaient, les uns sistes, les autres nistes. Les deux aimaient tellement la musique que les ouvreuses finirent par craindre quelque manifestation trop résolue en faveur de tout ce qui touchait, en beauté et élévation, les deux prime donne. Aussi, devant cette exaltation d'un homme aux cheveux grisonnants, presque quinquagénaire, un peu chauve et sérieux, l'ouvreuse se rappela, malgré elle, les hautes paroles d'Hamlet, le prince danois :

Lorsque l'âge mûr tombe si terriblement,
Que penser de ta jeunesse ?...

Et comme nous l'avons déjà dit, elle jeta un regard de biais sur la poche latérale du frac avec la crainte d'apercevoir un poignard. Mais il n'y avait qu'un portefeuille et rien de plus.

Bondissant dans le théâtre, Ivan Andreievitch embrassa d'un coup d'œil rapide toutes les loges du second balcon et... horreur ! Il crut que son cœur cessait de battre : elle y était. Elle avait sa place dans une loge ! Avec le général Polovitsyne, avec sa femme et sa belle-sœur, et aussi l'aide de camp du général, un jeune homme très débrouillard. Il y avait aussi un civil... Ivan Andreievitch concentra toute son attention, toute l'acuité de son regard... Mais, ô terreur ! Le civil se cacha traîtreusement derrière l'aide de camp et demeura dans les ténèbres.

Elle était là, alors qu'elle avait déclaré qu'elle n'y serait point !

Cette duplicité qui ne cessait de se manifester depuis quelque temps chez Glafira torturait Ivan Andreievitch. Et ce jeune homme, ce civil y finissait par le jeter dans le désespoir. Éperdu, il se laissa tomber dans un fauteuil.

Nous devons observer que le fauteuil d'Ivan Andreievitch se trouvait près d'une baignoire et, qu'en outre, la loge maudite du second balcon était juste au-dessus. Le malheureux ne pouvait, à son désespoir, absolument rien voir de ce qui se passait au-dessus de sa tête. Aussi, dans sa rage, bouillait-il tel un samovar. Il eut l'esprit absent durant tout le premier acte, incapable d'entendre la moindre note. On affirme que la musique a ceci de bon, qu'on peut mettre les impressions musicales en harmonie avec n'importe quelle sensation. Un homme joyeux percevra de la joie dans les sons, un homme triste y entendra de la douleur. Ce fut toute une tempête qui siffla dans les oreilles d'Ivan Andreievitch. Pour comble de malheur, des voix si terribles criaient devant, derrière lui et à ses côtés, qu'Ivan Andreievitch sentait son cœur se briser. Enfin l'acte se termina. Mais, à l'instant même où le rideau tombait, une aventure advint à notre héros, qu'aucune plume ne saurait décrire.

Il arrive souvent que, des balcons, tombe un programme de papier. Lorsque la pièce est ennuyeuse et que les spectateurs baillent, ceci leur procure un vif plaisir. Et c'est avec un intérêt particulier qu'ils suivent le vol très doux du papier voyageant en zigzags du haut des balcons, jusqu'aux fauteuils. Cette feuille atteindra forcément un crâne qui ne s'y attend pas. Et il est, en effet, très curieux de noter la manière dont ce crâne rougit, car nécessairement il devient très rouge. Ainsi, j'ai terriblement peur des lorgnettes que les dames posent souvent sur le rebord des loges. Il me semble que, d'une seconde à l'autre, elles aussi s'abattront sur quelque tête. Mais je remarque que je parle fort inopportunément d'incidents aussi tragiques. C'est pourquoi je les recommande aux feuilletons des journaux qui prennent sur eux de nous épargner tous les mensonges, toutes les malhonnêtetés et tous les cafards qui empoisonnent nos maisons.

Mais l'incident qui arriva à Ivan Andreievitch n'a jamais encore été décrit nulle part. Ce n'est pas un programme qui tomba sur sa tête quelque peu chauve, nous l'avons dit. J'avouerai que j'éprouve même de la honte à déclarer – et n'est-ce pas en effet honteux ? – que son chef respectable est nu, c'est-à-dire presque dégarni de cheveux. Or donc, le chef d'Ivan Andreievitch, homme jaloux et en colère, reçut un objet aussi indécent qu'un billet d'amour doux et parfumé. Bref, le malheureux Ivan Andreievitch, nullement préparé à une histoire aussi désagréable, frémit comme s'il avait senti sur son crâne une souris ou une petite bête féroce.

Impossible de s'abuser sur la teneur amoureuse du billet. Un papier parfumé, exactement semblable à ceux que l'on décrit dans les romans, et plié de manière à pouvoir s'introduire dans le gant d'une dame. Il tomba, sans doute, par hasard, au moment même où il était remis. Peut-être demandait-on le programme ? Peut-être le petit billet y avait-il été habilement dissimulé ? On le remettait entre des mains connues, mais voici qu'un coup involontaire de l'aide de camp, qui très vite et galamment s'excusa de sa maladresse, fit glisser le papier de la petite main tremblante de confusion. Cependant que le jeune homme, le civil qui tendait impatiemment la main, recevait, non l'aveu, mais le programme qu'il ne désirait nullement.

Événement étrange, fâcheux – le fait est indiscutable, mais, avouez-le, encore plus désagréable pour Ivan Andreievitch.

– *Prédestiné !* murmura-t-il, trempé par une sueur froide et froissant le billet dans ses paumes. *Prédestiné !* La balle trouve toujours le coupable ! Non, il ne s'agit pas de cela. En quoi suis-je coupable ? Il est vrai qu'un autre dicton... « Sur le pauvre Makar..., etc... ».

Que de pensées diverses, contraires, roulent et se chevauchent dans pareille et soudaine aventure ! Ivan Andreievitch restait cloué sur place, pétrifié, ni vif ni mort, comme on dit, il était convaincu que la salle entière connaissait son malheur, alors qu'à cette minute même, l'enthousiasme pour la cantatrice que l'on rappelait, allait jusqu'au délire. Ivan Andreievitch n'osait lever les yeux et son visage était pourpre de confusion.

– Elle a fort agréablement chanté, observa-t-il, se tournant vers un gandin assis à sa gauche.

Le gandin qui, fou d'enthousiasme, battait des mains et trépignait, jeta un regard fugace sur Ivan Andreievitch, puis, les mains en porte-voix, hurla le nom de la chanteuse. Ivan Andreievitch, qui n'avait jamais encore entendu pareil beuglement, se sentit ravi : « Il n'a rien remarqué », se dit-il, regardant derrière lui. Il vit un gros spectateur, qui était assis derrière lui, se lever, lui tourner le dos et lorgner les loges.

– Décidément, tout va bien ! pensa Ivan.

Devant lui, personne, évidemment, ne s'était aperçu de rien. Il jeta un regard de biais, timide et plein d'espérance sur la baignoire la plus proche de son fauteuil. Une dame très élégante, le mouchoir sur la bouche, renversée sur le dossier de son siège, riait aux éclats.

– Oh ! ces femmes ! marmotta Ivan Andreievitch. Et il se précipita vers la sortie, marchant sur les pieds des spectateurs.

Je laisse maintenant aux lecteurs eux-mêmes, le soin de juger Ivan Andreievitch. Avait-il vraiment raison, à ce moment ? Le Grand Théâtre comprend, on le sait, quatre étages de balcons et une galerie. Pourquoi admettre avec certitude que ce billet était précisément tombé d'une loge et indubitablement de celle-ci et non d'une autre ? N'y a-t-il pas de dames aussi au cinquième étage ? Mais la passion est exclusive et la jalousie est la passion la plus exclusive du monde.

Ivan Andreievitch courut au foyer, s'arrêta devant une lampe, brisa le cachet et lut :

« Tout à l'heure, immédiatement après le spectacle, rue G***, au coin de l'impasse -ski, maison K*** au deuxième étage, à droite dans l'escalier. Entrée par le perron. Viens *sans faute,* au nom du ciel ! »

Ivan Andreievitch ne reconnut pas l'écriture, mais le doute était impossible : on fixait un rendez-vous ! « Surprendre, pincer et saper le mal à la racine », telle fut la première idée d'Ivan Andreievitch. Il pensa même les prendre sur le fait ici-même, sur-le-champ, dans leur loge. Mais comment agir ? Ivan Andreievitch monta au deuxième étage, cependant la sagesse le fit redescendre. Ne sachant vraiment que faire de sa personne, il se précipita vers le côté opposé et regarda à travers la porte ouverte d'une loge vide les loges d'en face. Eh quoi ! À chacun des cinq étages les balcons entiers étaient remplis de jeunes dames et de jeunes gens. Le billet avait aussi bien pu tomber de chacun des étages. Au demeurant, Ivan Andreievitch accusait les cinq balcons de comploter contre lui. Cependant, aucune évidence n'aurait pu le faire changer d'avis. Il ne cessa de courir de couloir en couloir, durant tout le deuxième acte, sans pouvoir retrouver le calme de l'esprit. Il pensa même s'adresser au caissier du théâtre, dans l'espoir d'apprendre de cet homme les noms des personnes occupant les loges des quatre étages ; mais la caisse était déjà fermée. Enfin, ce furent à nouveau des vociférations et des applaudissements frénétiques. La représentation était terminée. On rappelait la cantatrice et on entendait deux voix dans la galerie – celles des chefs des deux partis. Mais Ivan Andreievitch avait vraiment d'autres chats à fouetter. Sa décision était prise quant à la conduite à tenir. Il mit son pardessus et vola du côté de la rue G***. Il y découvrirait, prendrait en flagrant délit les personnes en question et agirait, de toute manière, plus énergiquement que la veille.

Ivan n'eut aucune peine à trouver la maison. Et, déjà, il gravissait le perron lorsque, soudain, s'élança un individu, un gandin vêtu d'un pardessus qui le dépassa et monta quatre à quatre l'escalier jusqu'au troisième étage. Ivan Andreievitch crut reconnaître le civil de la loge, bien qu'il eût été dans l'impossibilité de distinguer, au théâtre, le visage de cet élégant personnage. Son cœur se serra. Le gandin atteignait déjà le deuxième palier. Ivan Andreievitch entendit enfin s'ouvrir la porte du deuxième ; l'homme n'avait pas sonné, on devait l'attendre. Le gandin disparut dans l'appartement. Ivan Andreievitch arriva à ce troisième palier avant qu'on eût fermé la porte. Il pensa tout d'abord rester sur le seuil, méditer sur ce qu'il devait entreprendre, bien réfléchir et se résoudre à quelque action décisive. Mais, à ce moment même, il entendit le roulement d'une voiture près du perron ! La grande porte s'ouvrit avec fracas et il y eut des pas lourds. La personne toussait, respirait avec peine. Ivan Andreievitch n'hésita plus ; il poussa la porte et se trouva dans l'appartement avec l'air très solennel d'un époux offensé. Une servante, très émue, se précipita à sa rencontre, puis ce fut un domestique qui se montra. Mais arrêter Ivan Andreievitch s'avéra parfaitement impossible... Il volait comme une bombe d'une chambre à une autre. Ayant traversé deux pièces obscures, il entra brusquement dans la chambre à coucher et s'arrêta devant une très belle jeune femme qui le fixa terrifiée. Elle semblait ne plus comprendre ce qui se passait autour d'elle. Déjà on percevait des pas lourds dans le vestibule contigu. Quelqu'un se dirigeait droit vers la chambre à coucher.

– Seigneur ! c'est mon mari ! s'écria la dame en levant les bras. Elle pâlit, devint plus blanche que son peignoir.

Ivan Andreievitch comprit qu'il avait fait fausse route. Il s'était conduit comme un enfant, comme un imbécile ! Il aurait dû réfléchir davantage dans l'escalier. Mais il n'y avait plus qu'à subir. La porte s'ouvrait et le mari, un gros homme, à en juger d'après son pas lourd, entrait... Je ne sais ce qu'Ivan Andreievitch pensa de lui-même à cette minute. J'ignore ce qui l'empêcha d'aller droit vers le mari, d'avouer son erreur, de s'excuser et de fuir. Ce n'eût pas été, certes, avec honneur ni gloire, mais il serait parti tout au moins de façon noble et franche. Loin de là ! Ivan Andreievitch, de nouveau se conduisit en gamin, comme s'il se prenait pour un Don Juan ou un Lovelace ! Il se cacha tout d'abord derrière le rideau du lit, puis lorsqu'il se sentit étreint par l'angoisse, il se laissa tomber à terre et, comme un serin, rampa sous le lit. La terreur agit sur lui avec plus de force que la raison et Ivan Andreievitch, lui-même époux trompé ou tout au moins se considérant comme tel, ne put supporter cette rencontre avec un autre mari. Il se trouva sous le lit, ne comprenant absolument pas comment la chose s'était faite. Mais le plus étonnant est que la dame ne fit aucune opposition. Elle n'eut pas un cri en voyant ce personnage étrange, d'un certain âge, déjà, chercher refuge dans sa chambre à coucher. En fait, elle était si étonnée qu'elle n'en retrouvait plus l'usage de la parole.

Le mari entra, poussant des interjections et reniflant, dit bonsoir à sa femme d'une voix languissante et s'affaissa dans un fauteuil comme s'il venait de porter un sac de bois. Puis il toussa longuement, sourdement. Ivan Andreievitch qui, de tigre enragé s'était transformé en agneau, timide et calme comme une petite souris devant un chat, osait à peine respirer, dans son effroi. Il aurait pu savoir, pourtant, de par sa propre expérience, que tous les maris offensés ne mordent pas. Mais il n'y pensa point, soit par défaut d'imagination, soit pour toute autre carence. Avec douceur et prudence, à tâtons, il essaya de s'installer le plus commodément possible sous le lit. Et quelle ne fut pas sa stupeur lorsqu'il toucha un objet qui, à sa grande surprise, s'agita et le saisit à son tour par le bras. Un autre homme était caché sous le lit !...

– Qui êtes-vous ? murmura Ivan Andreievitch.

– Vous n'allez pas vous imaginer que je vais vous rapprendre ! fit tout bas l'étrange inconnu. Couchez-vous, taisez-vous puisque vous vous êtes fichu dedans.

– Pourtant...

– Silence !

Et l'homme qui était de trop – un seul aurait suffi sous le lit – serra le bras d'Ivan Andreievitch si fortement que ce dernier faillit crier de douleur.

– Mon cher Monsieur...

– Chut !

– Ne serrez pas si fort ou je crie !

– Je vous en défie ! Essayez !

Ivan Andreievitch rougit de honte. L'inconnu était irrité, sévère. Peut-être était-ce un homme qui, plus d'une fois, avait subi les coups du destin et qui, très souvent, avait connu des situations aussi gênantes ? Mais Ivan Andreievitch n'était encore qu'un novice et il étouffait. Le sang lui battait aux tempes. Il n'y avait cependant rien à faire, il fallait rester étendu, visage contre terre. Ivan Andreievitch dut se soumettre. Il se tut.

– Ma petite chérie, commença l'époux, mon trésor, j'ai été chez Pavel Ivanovitch, nous nous sommes mis à jouer à la préférence et... khi-khi. (Il eut une quinte de toux). Or donc... khi, khi. Et mon dos... khi. Que le diable... khi, khi, khi.

Le vieillard eut un violent accès de toux plus prolongé.

– Mon dos, balbutia-t-il enfin, les larmes aux yeux, mon dos me fait mal... Ces sacrées hémorroïdes. Ni debout, ni assis, pas moyen de s'asseoir... khi, khi.

Et cette crise de toux semblait vouloir durer plus longtemps que le vieillard lui-même. Lorsqu'elle paraissait céder, le vieux marmottait des paroles parfaitement inintelligibles.

– Mon cher Monsieur, au nom du ciel écartez-vous, chuchota le malheureux Ivan Andreievitch.

– Où voudriez-vous que j'aille ? La place manque.

– Avouez qu'il m'est impossible de rester ainsi ! C'est la première fois de ma vie que je me trouve dans une situation aussi dure.

– Et moi avec un voisin aussi désagréable.

– Cependant, jeune homme...

– Silence !

– Me taire ! En tout cas vous agissez très impoliment, jeune homme... Si je ne me trompe vous êtes tout jeune, je suis votre aîné.

– Taisez-vous !

– Cher Monsieur, vous vous oubliez, vous ne savez à qui vous parlez.

– À un monsieur qui se cache sous un lit.

– Oui, mais c'est une surprise, une erreur qui m'ont conduit ici... alors que c'est l'immoralité qui vous...

– Ce en quoi vous vous trompez...

– Mon cher Monsieur, je vous répète que je suis votre aîné.

– Mon cher Monsieur, sachez qu'ici nous sommes sur le même plan. Je vous demande de ne pas me toucher le visage.

– Mon cher Monsieur, je ne puis rien distinguer. Excusez-moi, il n'y a pas de place.

– Pourquoi êtes-vous si gros ?

– Mon Dieu, je ne me suis jamais trouvé dans une situation aussi humiliante...

– Oui... mais il est impossible d'être mieux.

– Mon cher Monsieur, mon cher Monsieur, je ne sais qui vous êtes, je ne comprends pas comment tout ceci a pu arriver... mais c'est par erreur que je suis ici... et je ne suis pas ce que vous pensez.

– Je ne penserais absolument rien de vous si vous ne vous agitiez pas ainsi. Et taisez-vous donc.

– Mon cher Monsieur, si vous ne vous écartez pas, je vais avoir une attaque. Vous répondrez de ma mort, je vous le jure. Je suis un homme respectable, père de famille. Je ne puis vraiment pas rester dans cette situation.

– Mais vous vous y êtes fourré vous-même. Eh bien !... avancez. Tenez, voici de la place. Impossible d'en faire davantage.

– Noble jeune homme, cher Monsieur. Je vois que je vous ai mal jugé, déclara Ivan Andreievitch dans un élan de gratitude pour la place accordée. Il étira ses membres engourdis. Je comprends combien vous êtes à l'étroit, mais que faire ? Je vois que, vous avez mauvaise opinion de moi... Permettez-moi donc de laver à vos yeux ma réputation, permettez que je vous dise qui je suis... c'est contre mon gré que je suis venu ici... et nullement pour ce que vous pouvez croire... J'ai horriblement peur.

– Vous tairez-vous ? Ne comprenez-vous donc pas que si l'on nous entendait, tout se gâterait ? Chut. Il parle.

En effet, la quinte de toux du vieillard prenait fin.

– Donc mon trésor, reprit le vieillard d'un ton plaintif, or donc, chérie... khi, khi. Ah ! malheur ! Et Fedossei Ivanovitch m'assure : vous devriez boire du mille-pertuis... essayez. Tu entends, ma chérie ?

– J'entends, mon ami.

– Donc, m'a-t-il répété, essayez du mille-pertuis. Et moi de répondre : je me suis appliqué des sangsues. Il me dit alors : non, Alexandre Demianovitch, le mille-pertuis est meilleur, il soulage, je vous le jure… khi, khi. Oh ! Seigneur. Qu'en penses-tu, mon trésor ?… khi, khi. Dieu mon créateur… khi, khi. Alors crois-tu que le mille-pertuis sera meilleur ? khi, khi, ah ! khi.

– Je pense que prendre cette tisane ne te ferait pas de mal, déclara l'épouse.

– Évidemment cela ne me ferait pas de mal. Il m'a dit, peut-être avez-vous la tuberculose. Mais je réplique : la goutte, une certaine irritation dans l'estomac. Qu'en penses-tu ?… khi, khi. Crois-tu que c'est la tuberculose ?

– Mais, mon Dieu, que dites-vous là ?

– Oui, la tuberculose, – Mais mon trésor, tu devrais te déshabiller… il te faut dormir… khi, khi… Et… j'ai aujourd'hui… khi, un rhume.

– Ouf, fit Ivan Andreievitch. Au nom du ciel, écartez-vous encore.

– Vraiment, vous me surprenez… Qu'avez-vous donc ? Vous ne pouvez rester couché tranquille ?

– Vous m'en voulez mortellement, jeune homme. Vous venez à m'insulter, je le vois… Sans doute êtes-vous l'amant de cette dame ?

– Silence !

– Je ne me tairai pas. Je ne vous permettrai pas de donner des ordres. Certainement, vous êtes l'amant. Si l'on nous découvre, je ne suis en rien coupable. J'ignore tout.

– Si vous ne vous taisez pas, déclara le jeune homme qui grinça des dents, je dirai que vous m'avez entraîné. Que vous êtes mon oncle qui s'est ruiné. De cette manière, on ne pensera pas que je suis l'amant de cette dame.

– Cher Monsieur, vous vous moquez de moi. Vous épuisez ma patience.

– Chut, ou je vous oblige au silence. Vous êtes une calamité pour moi. Dites-moi ce que vous fichez ici. Sans vous, je serais resté ici jusqu'au matin et j'aurais réussi à filer.

– Mais je ne pourrai rester couché ainsi jusqu'à demain... Je suis un être raisonnable... J'ai des relations... Qu'en pensez-vous ? Est-ce qu'il va passer la nuit ici ?

– Qui ?

– Mais ce vieux...

– Sans aucun doute. Tous les maris ne vous ressemblent pas. Certains couchent chez eux.

– Mon cher Monsieur, mon cher Monsieur, cria Ivan Andreievitch, glacé d'épouvante, soyez sûr que je ne découche pas non plus... c'est la première fois que cela m'arrive. Mais, Seigneur, je vois que vous me connaissez. Qui êtes-vous, jeune homme ? Dites-moi tout de suite, je vous en supplie, au nom d'une amitié désintéressée, qui vous êtes.

– Écoutez, j'userai de violence...

– Mais permettez, permettez que je vous raconte, cher Monsieur, permettez que je vous explique toute cette vilaine histoire...

– Je n'écouterai aucune explication, je ne veux rien savoir. Taisez-vous sinon...

– Je ne puis vraiment pas...

Une petite bataille s'ensuivit sous le lit et Ivan Andreievitch se tut.

– Mon petit trésor, on dirait qu'il y a des chats ici qui chuchotent...

– Quels chats ? En voilà des inventions !

La dame ne savait évidemment pas de quoi parler avec son époux. Elle ne pouvait encore se remettre de la stupeur qui l'avait saisie. Cependant, elle tressaillit et tendit les oreilles.

– Quels chats ?

– Mais des chats, ma petite colombe... J'entre donc l'autre jour dans mon cabinet... et voici que Vasska s'y trouve assis... chiou, chiou, chiou, et il ronronne... Alors moi : Qu'as-tu, Vassenka ? Et mon minet de nouveau : chiou, chiou, chiou... Tout le temps comme s'il murmurait. Alors moi de me dire : « Ah ! mes ancêtres. Ne me prédit-il point tout bas la mort ? »

– Vous en débitez des sottises aujourd'hui. Vous devriez avoir honte.

– Soit, ce n'est rien. Ne te fâche pas, ma chérie... Je vois que tu serais malheureuse si je mourais. Ne te fâche pas... Oh !

c'est pour dire quelque chose. Tu devrais, petite âme, te déshabiller, te coucher. Je resterai ici pendant que tu te coucheras...

– Je vous en supplie... nous avons le temps...

– Allons, ne te fâche pas, ne te fâche pas. Mais je t'assure, il y a des souris ici.

– Il ne manquait plus... des souris et des chats ! Je ne sais vraiment ce qui vous prend.

– Je... des bêtises. Je ne... khi, khi. Je ne... khi, khi, khi. Oh ! Seigneur... khi.

– Vous avez entendu ? murmura le jeune homme, vous faites un tel potin qu'il a...

– Si vous saviez ce qui m'arrive. Je saigne du nez.

– Eh bien, saignez et taisez-vous. Attendez que le vieux s'en aille.

– Jeune homme, mettez-vous à ma place. Je ne sais près de qui je me trouve couché ici.

– Vous ne vous porteriez pas mieux si vous l'appreniez. Croyez-vous que je sois curieux de connaître votre nom ?... Eh bien, comment vous appelez-vous ?

– Pourquoi diable vous le dirais-je ?... Ce qui m'importe, c'est de vous expliquer la manière ridicule dont...

– Chut, il parle de nouveau...

– Je t'assure, mon trésor ; qu'il y a des souris... un murmure...

– Mais non... c'est le coton qui s'est mis de travers dans tes oreilles.

– Tiens, à propos de coton... Sais-tu qu'ici, en haut... khi, khi. En haut... khi, khi...

– En haut ! murmura le jeune homme, ah ! que le diable, moi qui pensais que c'était le dernier étage... Sommes-nous donc au premier ?

– Jeune homme ! Ivan Andreievitch était tout frémissant. Que dites-vous ? Je vous en supplie, que je sache pourquoi vous vous intéressez... Moi aussi, je pensais que c'était le dernier étage... Au nom du ciel, dites-moi s'il y en a encore un autre dans la maison.

– Je te jure que quelqu'un remue, déclara le vieillard qui avait enfin cessé de tousser.

– Chut ! Vous entendez ?... murmura le jeune homme, saisissant les deux mains d'Ivan Andreievitch.

– Cher Monsieur, vous me faites mal aux mains... Lâchez-moi.

– Chut !

Après une courte lutte, il y eut de nouveau un silence.

– Me voici donc qui rencontre une jolie petite... commença le vieillard.

– Quoi ?

– Voyons ; ne t'ai-je pas déjà dit que j'avais rencontré une jolie petite dame dans l'escalier ? Il est vrai que j'ai omis, peut-être... J'ai peu de mémoire... C'est le mille-pertuis... khi.

– Quoi ?

– Il me faut boire du mille-pertuis... on assure que j'irai mieux... Khi, khi, khi. J'irai mieux.

– Tu m'as dit que tu avais rencontré je ne sais quelle dame aujourd'hui, dit l'épouse.

– Hein ?

– Une jolie...

– Qui te l'a dit ?

– Mais toi !

– Moi, quand ? ah oui...

– Enfin ! En voilà une momie ! murmura le jeune homme, fouettant en pensée la mémoire affaiblie du vieillard.

– Mon cher Monsieur, je frémis de terreur ! Seigneur ! Que m'est-il donné d'entendre ? Tout comme hier, absolument comme hier...

– Chut !

– Ah ! oui, oui. Je me souviens... Oh ! la rusée mâtine. Et de petits yeux... et un chapeau bleu.

– Un chapeau bleu ! Oh ! Oh !...

– C'est elle. Elle a un chapeau bleu. Mon Dieu ! s'écria Ivan Andreievitch.

– Elle, qui, elle ? fit tout bas le jeune homme, serrant les mains d'Ivan.

– Chut ! ordonna à son tour Ivan Andreievitch. Il reparle.

– Ah ! mon Dieu, mon Dieu !...

– Du reste, tout le monde peut avoir un chapeau bleu... Alors...

– Et quelle petite coquine ! continua le vieillard. Elle vient ici chez je ne sais quels amis... Il faut voir les yeux doux qu'elle fait ! Et d'autres amis arrivent chez ces amis...

– Dieu, que c'est ennuyeux ! interrompit la dame. En quoi cela t'intéresse-t-il ?...

– Bien, bien, parfait. Ne te fâche pas, déclara le petit vieux d'une voix dolente. Je vais me taire, puisque tu le veux. Tu me parais de mauvaise humeur ce soir...

– Mais comment vous êtes-vous donc fourré ici ? demanda le jeune homme.

– Vous voyez. Vous voyez. Cette fois cela vous intéresse, vous qui ne vouliez pas m'entendre.

– Oh ! et puis peu m'importe. Ne dites rien si vous voulez...

– Ne vous fâchez pas, jeune homme... Je ne sais plus ce que je dis... Simplement je... il y a là certainement quelque raison mystérieuse qui fait... que vous... Mais qui êtes-vous jeune homme ? Évidemment, un inconnu... mais enfin qui êtes-vous ? Dieu, je ne sais plus ce que je dis...

– Oh ! je vous en prie... suffit, coupa le jeune homme.

– Je vais tout vous raconter, tout. Peut-être vous dites-vous que je ne raconterai rien, que je vous en veux ? Non. C'est tout simplement que je suis déprimé, voilà tout... Mais au nom du ciel, apprenez-moi tout, vous aussi, depuis le début : comment êtes-vous tombé ici ? Par quel miracle ? Quant à moi, je ne me fâche pas, je vous le jure... Voici ma main. Seulement il y a beaucoup de poussière ici et je l'ai salie, mais cela n'empêche pas la sincérité des sentiments.

– Fichez-moi la paix avec votre main ! Pas moyen de faire un mouvement, et il m'embête avec sa main !

– Cher Monsieur, vous me parlez comme si..., comme si j'étais une vieille semelle, dit Ivan Andreievitch dans un accès d'humilité désespérée. Sa voix était suppliante. Soyez plus poli, un tout petit peu plus aimable, et je vous raconterai tout, je suis prêt à vous inviter à dîner, vraiment. Nous serions des amis. Mais impossible de rester ici couchés tous deux. Vous vous trompez, jeune homme. Vous ignorez...

– Quand donc l'a-t-il rencontrée ? bégaya le jeune homme qui paraissait bouleversé. Elle m'attend peut-être maintenant... Décidément, je sors d'ici...

– Elle ? Qui elle ? Seigneur ! De qui parlez-vous, jeune homme ? Vous pensez que là-bas, en haut... Seigneur, Seigneur. » Pourquoi suis-je ainsi puni ?

Ivan Andreievitch essaya de se tourner sur le dos en signe de désespoir.

— Que vous importe de savoir qui elle est ? Zut, qu'il arrive ce qui doit arriver, je fiche le camp...

— Cher Monsieur, que faites-vous ? Et moi, moi que deviendrai-je ? chuchota Ivan Andreievitch, se cramponnant dans sa détresse aux pans du frac de son voisin.

— Que voulez-vous que cela me fasse ? Eh bien, vous resterez seul... Et si vous ne le voulez pas, je puis dire à la rigueur que vous êtes mon oncle... qui s'est ruiné... le vieux ne pourra penser que je suis l'amant de sa femme.

— C'est impossible, jeune homme, être votre oncle, ce n'est pas naturel. Personne ne vous croira. Un petit enfant comme ça ne vous croirait pas. Ivan Andreievitch murmurait avec désespoir ces paroles.

— Alors ne bavardez plus et restez là immobile comme un mort. Restez toute la nuit et, au matin, vous sortirez d'une manière ou d'une autre. Personne ne vous remarquera... Puisque l'un a déguerpi, on ne pensera pas qu'un autre se cache encore... Vous ne nous voyez tout de même pas une dizaine ici ? Du reste vous en valez douze à vous tout seul... Avancez ou je sors.

— Vous vous fichez de moi, jeune homme... Et si je toussais ? Il faut tout prévoir.

— Chut !

— Que se passe-t-il donc ? Il me semble entendre un tapage là-haut, balbutia le vieillard, qui, semble-t-il, s'était un instant assoupi.

— Vous entendez ?

— En haut ?

– Vous entendez, jeune homme, c'est en haut...

– Oui, j'entends.

– Mon Dieu, je vais sortir, jeune homme.

– Soit, Je reste. Cela m'est égal. Que m'importe que tout se gâte. Tenez, je présume que vous êtes un mari trompé et voilà toute l'histoire.

– Dieu, quel cynisme ! Vous le supposez vraiment ? Mais pourquoi, justement, un mari... Je ne suis pas marié...

– Pas marié, quelle blague !

– Je suis peut-être l'amant ?

– Il est joli, l'amant !

– Mon cher Monsieur, mon cher Monsieur... Allons soit, je vous raconte tout. Vous comprendrez ma détresse. Ce n'est pas moi, je ne suis pas marié. Je suis célibataire, comme vous. C'est mon ami, un camarade d'enfance... Donc il me dit : « Je suis un homme malheureux, je bois le calice car je soupçonne ma femme. » Alors moi raisonnablement : « Pourquoi la soupçonnes-tu ? » Mais vous ne m'écoutez pas. Écoutez donc, écoutez ! « La jalousie est chose ridicule, lui dis-je, la jalousie est un vice. » « Non, répondit-il. Je suis un homme malheureux ! Le calice, tu comprends ! » Alors, moi : « Tu fus le compagnon de ma tendre enfance. Ensemble nous cueillîmes les fleurs du plaisir. » Mon Dieu, je ne sais plus ce que je dis ! Vous riez toujours, jeune homme. Vous me ferez perdre la raison.

– Vous l'êtes déjà, fou !

– Je sentais que vous alliez le dire... Riez, riez, jeune homme. Moi aussi, dans ma jeunesse, j'avais mes conquêtes, et je savais séduire aussi. Oh ! cela finira par une congestion cérébrale.

– Mais dites-moi petite chérie, il me semble qu'on éternue chez nous ? balbutia le vieillard. C'est toi mon trésor, qui éternues ?

– Oh ! mon Dieu, murmura l'épouse.

– Chut ! dit-on sous le lit.

– On cogne certainement là-haut, remarqua la femme épouvantée. En effet, le bruit devenait plus fort sous le lit.

– En effet, là-haut, acquiesça le mari. Là-haut. Je te disais que ce gandin... khi, khi. Ce gandin aux petites moustaches. Oh ! mon Dieu, mon dos... Je venais de rencontrer ce gandin aux petites moustaches...

– Petites moustaches ! Seigneur ! Mais c'est vous, peut-être ? murmura Ivan Andreievitch.

– Quel homme, grand Dieu ! Tonnerre ! Mais je suis là, là près de vous ! Comment a-t-il pu me rencontrer ? Mais laissez donc mon visage tranquille.

– Je vais avoir une attaque, c'est sûr.

À ce moment, en effet, on entendit un vacarme à l'étage supérieur.

– Qu'est-ce qui se passe ? chuchota le jeune homme.

– Mon cher Monsieur... je meurs d'effroi... de terreur. Venez à mon secours.

– Chut !

– Écoute, ma chérie, mais c'est un vrai tapage... un potin d'enfer. Et juste au-dessus de ta chambre à coucher. Si j'envoyais quelqu'un leur dire ?

– Il ne manquait plus que cette invention.

– Oh ! comme tu veux. Tu es bien nerveuse ce soir.

– Mon Dieu, vous feriez mieux d'aller dormir.

– Lisa, tu ne m'aimes plus.

– Mais si, je t'aime. Mais Dieu, je suis très fatiguée.

– Allons, allons, je m'en vais.

– Oh ! non, non, ne partez pas ! s'écria l'épouse. Ou plutôt si, partez, partez donc !

– Mais qu'as-tu donc vraiment ? Partez, ne partez pas ?... khi, khi. Du reste, je m'en vais dormir... khi, khi. Ah ! ces petites filles des Panafidine... khi, khi. Ces fillettes... khi. J'ai vu chez l'une des petites, une poupée de Nuremberg... khi, khi...

– Allons bon, les poupées maintenant.

– Khi, khi... Très jolie, la poupée... khi.

– Il fait ses adieux, chuchota le jeune homme. Qu'il s'en aille et nous filons sur-le-champ. M'entendez-vous ? Réjouissez-vous donc !

– Dieu le veuille, oh ! Dieu le veuille.

– Cela vous servira de leçon...

– Jeune homme ! De quelle leçon parlez-vous ? Je devine... Mais vous êtes encore jeune. Vous ne pouvez me faire la leçon.

– Je vous en donnerai tout de même une... Écoutez...

– Dieu, je vais éternuer...

– Chut ! Si vous osez...

– Que puis-je faire ? Cela sent trop fort la souris... Je ne puis vraiment pas... Tirez, mon mouchoir de cette poche, au nom du ciel... impossible de faire un mouvement. Mon Dieu, mon Dieu, pourquoi cette punition ?

– Le voilà, votre mouchoir. Votre punition, je vais vous en dire la cause. Vous êtes jaloux. Vous basant je ne sais sur quoi, vous courez comme un possédé, entrez fou furieux chez des étrangers, causez du scandale...

– Je n'ai provoqué aucun scandale.

– Taisez-vous !

– Jeune homme, vous n'avez pas le droit de me faire des sermons. Je me conduis mieux que vous.

– Silence !

– Oh ! mon Dieu, mon Dieu !

– Vous causez du scandale, vous épouvantez une jeune dame qui tombera peut-être malade. Vous jetez dans l'inquiétude un respectueux vieillard torturé par la toux et qui, avant toute chose a besoin de calme... Et tout cela pourquoi ? Parce que vous vous êtes figuré le diable sait quelles sottises qui vous font courir de droite et de gauche... Comprenez-vous, saisissez-vous dans quelle mauvaise histoire vous vous êtes précipité ? Le sentez-vous ?

– Très bien, cher Monsieur, je le sens, mais vous n'avez pas le droit...

– Taisez-vous. On s'en moque, ici, du droit. Comprenez-vous que tout cela peut finir en tragédie ? Comprenez-vous que ce vieillard qui aime sa femme peut perdre la raison au moment où il vous verra sortir de dessous le lit ? Mais non, vous êtes incapable de provoquer une tragédie ! Lorsque vous décamperez d'ici, ce ne sera en vous voyant, qu'un vaste éclat de rire. J'aimerais vous voir à la lumière des bougies, vous seriez sans doute très drôle.

– Et vous-même ? Vous êtes également très drôle en cette circonstance. J'aimerais bien vous voir...

– Comment le pourriez-vous ?

– Vous êtes, jeune homme, assurément, marqué par l'immoralité.

– Oh ! vous parlez de moralité ! Et comment connaîtriez-vous le motif de ma présence ici ? L'erreur m'a conduit ici, je me suis trompé d'étage. Et du diable si je sais pourquoi on m'a permis d'entrer. Je suppose qu'elle devait, en effet, attendre quelqu'un – certainement pas vous. Je me suis caché sous le lit, lorsque j'ai entendu votre pas stupide et que j'ai vu l'effroi de la dame. De plus, il faisait sombre. Et pourquoi me justifier devant vous ? Vous êtes un vieillard ridicule et jaloux... Pourquoi je reste sous le lit ? Peut-être pensez-vous que j'ai peur d'en sortir ? Non Monsieur, ce serait fait depuis longtemps, mais si je ne bouge pas, c'est par pitié pour vous. Que feriez-vous tout seul ? Vous seriez comme une souche devant eux, vous ne trouveriez plus vos mots.

— Pourquoi, comme une souche ? Pourquoi me comparer à une bûche ? Vous auriez pu trouver autre chose jeune homme ? Et pourquoi ne saurais-je quoi dire ? Je garderai ma tête sur les épaules.

— Oh ! Seigneur ! Voilà un chien qui se met à japper.

— Vous ne cessez de bavarder. Vous avez réveillé le caniche... Voilà la catastrophe.

Effectivement, le petit chien de la dame qui tout le temps avait dormi dans son coin, sur un coussin, s'était brusquement réveillé. Il flaira la présence d'étrangers et se précipita sous le lit en aboyant.

— Dieu ! l'imbécile de chien ! murmura Ivan Andreievitch. Il va nous trahir... Malédiction !

— Évidemment. Vous avez une telle peur, que cela peut arriver.

— *Ami, Ami, ici,* s'écria la maîtresse de maison. *Ici, ici.*

Mais le caniche n'obéit pas et marcha droit sur Ivan Andreievitch.

— Que se passe-t-il, mon trésor ? Pourquoi Amichka jappe-t-il ? demanda le vieillard. Sans doute y a-t-il des souris ? Ou bien est-ce notre chat Vasska ? Je comprends... Il me semblait

tout le temps entendre quelqu'un... comme si l'on éternuait...
C'est que Vasska est enrhumé aujourd'hui.

— Ne faites pas un mouvement ! fit tout bas le jeune
homme. Ne vous retournez pas. Il finira peut-être par se taire.

— Mon cher Monsieur, mon cher Monsieur. Lâchez mes
mains. Pourquoi les tenez-vous ?

— Chut ! Taisez-vous.

— Jeune homme, il me mord le nez ! Vous ne voudriez pas
que je perde mon nez !

Ivan Andreievitch lutta et se délivra. Le caniche aboya avec
rage. Soudain il se tut, puis poussa un hurlement.

— Oh ! s'écria la dame.

— Bandit ! Qu'avez-vous fait ? murmura le jeune homme.
Vous allez nous perdre. Pourquoi le saisissez-vous ? Dieu, il
l'étrangle ! Ne l'étranglez pas ! Lâchez-le ! Monstre ! Vous ignorez donc ce que peut une femme après cela ! Elle nous livrera
tous les deux si vous tuez son chien.

Mais Ivan Andreievitch n'écoutait plus rien. Il avait réussi à
attraper le caniche et, dans un acte de légitime défense, venait
de lui serrer la gorge. La bête poussa un cri plaintif et rendit
l'âme.

— Nous sommes perdus, chuchota le jeune homme.

— Amichka ! Amichka ! cria la dame. Seigneur ! Que font-ils
à mon Amichka ? Amichka ! *Ici !* Oh ! les bandits, les barbares !
Dieu ! je m'évanouis...

– Qu'y a-t-il ? Que se passe-t-il ? cria le vieillard, bondissant de son fauteuil. Qu'as-tu mon trésor ? Amichka, ici ! Amichka ! Amichka ! Amichka ! criait-il, claquant des doigts. Ici Amichka, ici ! Impossible que Vasska l'ait mangé ! Il faut le fouetter, ce chat, mon trésor. Le coquin, voilà un mois qu'on ne l'a fouetté. Qu'en penses-tu ? Je demanderai conseil demain à Praskovia Zaharievna. Mais, ma chérie, que t'arrive-t-il ? Tu es toute pâle. Oh ! Des gens ! Des gens !

Le vieillard courait dans la chambre.

– Monstres ! Bandits ! hurla la dame qui se laissa tomber sur un divan.

– Mais qui ? Qui ? s'écria le vieillard.

– Là... il y a des personnes, *des* étrangers. Là, sous le lit. Oh ! Seigneur... Amichka, Amichka... Qu'ont-ils fait de toi ?

– Mon Dieu, Seigneur ! Quelles personnes ? Amichka !... Serviteurs, serviteurs venez ici... Qui est là ? Qui est là ? Serviteurs...

Le vieillard saisit une bougie et se pencha sous le lit.

– Qui est là ? Qui est là ? Serviteurs, serviteurs !

Ivan Andreievitch, ni mort ni vif demeurait immobile près du corps inanimé d'Amichka. Mais le jeune homme suivait du regard les moindres mouvements du vieillard. Ce dernier, brusquement, contourna le lit et, près du mur, se pencha. En une seconde le jeune homme sortit de dessous le lit et s'élança tandis que le mari cherchait ses hôtes de l'autre côté de la couche conjugale.

– Dieu ! murmura la dame en fixant le jeune homme. Qui êtes-vous donc ? je pensais...

– Le monstre est resté, répondit tout bas le jeune homme. C'est lui qui a tué Amichka.

– Oh ! s'écria la dame.

Mais le jeune homme avait déjà fui.

– Oh ! il y a quelqu'un ici. Je vois une botte, cria le mari, saisissant le pied d'Ivan Andreievitch.

– Assassin ! Assassin ! cria la dame. Oh ! Ami, Ami !

– Sortez, sortez donc, cria le vieillard, frappant des pieds. Sortez ! Qui êtes-vous ? Dites qui vous êtes ! Seigneur ! Quel curieux personnage !

– Ce sont des brigands...

– Au nom du ciel, au nom du ciel ! cria Ivan Andreievitch en sortant, au nom du ciel, Votre Excellence, n'appelez pas vos gens. Votre Excellence, ne faites venir personne. Tout à fait inutile. Vous n'aurez pas à me mettre à la porte. Je ne suis pas cet homme-là. Je suis tout à fait normal. Votre Excellence, tout cela est arrivé par erreur. Je vais vous expliquer sur-le-champ, Votre Excellence. Ivan Andreievitch renifla et fit entendre un sanglot. C'est la femme... c'est-à-dire, non, pas mon épouse, mais la femme d'un autre... moi je ne suis pas marié, simplement... C'est mon ami, un camarade d'enfance...

– Quel camarade d'enfance ? cria le vieillard, trépignant. Vous êtes un voleur... vous veniez cambrioler... il n'y a pas de camarade d'enfance.

— Non, je ne suis pas un voleur, Votre Excellence. Je suis effectivement un camarade d'enfance... c'est une erreur fortuite... je suis arrivé par hasard... par l'autre perron.

— Moi je vois, Monsieur, par où vous êtes sorti.

— Votre Excellence ! Je ne suis pas cet homme-là. Vous vous trompez. Je répète que vous faites une cruelle erreur, Votre Excellence. Regardez-moi, voyez et vous comprendrez par certains signes et indices que je ne puis être un voleur. Votre Excellence, Votre Excellence, criait Ivan Andreievitch joignant les mains et se tournant vers la jeune dame. Vous, Madame, comprenez-moi... C'est moi qui ai étranglé Amichka... Mais je ne suis pas coupable. Je jure que je ne suis pas coupable. C'est ma femme qui est toujours coupable. Je suis un homme malheureux... je bois le calice...

— Mais écoutez... que m'importe que vous ayez bu une coupe... il se peut que vous en ayez avalé plusieurs, à en juger d'après votre état. Cependant, comment avez-vous pu entrer ici ? cria le vieillard agité et frémissant, mais convaincu tout de même qu'Ivan Andreievitch ne pouvait, en effet, être un voleur. Je vous le demande : comment êtes-vous entré ici, comme un bandit ?

— Pas un bandit, Votre Excellence. Je vous jure que je ne suis pas un brigand. Tout cela est venu parce que je suis jaloux. Je vous raconterai tout, Votre Excellence, je vous relaterai sincèrement, comme à un père... car vous êtes d'un âge à pouvoir être mon père.

— Comment, d'un âge !

— Votre Excellence ! Peut-être vous ai-je offensé ? En effet, une dame si jeune... et votre âge... vraiment il est agréable de voir, Votre Excellence, en effet... agréable de voir pareille union... à la fleur de l'âge. Mais n'appelez pas les gens... au nom du ciel, n'appelez personne, les gens ne sauront rien. Je les connais... C'est-à-dire... je ne veux pas dire que mes relations habituelles soient parmi les laquais. Moi aussi, j'ai des laquais, Votre Excellence, et ils ne cessent de se moquer... les ânes ! Votre Altesse... Je ne crois pas me tromper, je parle à un prince...

— Non, pas à un prince, Monsieur... Je suis ce que je suis. Je vous prie de ne pas chercher à m'attendrir avec vos « Altesse ». Comment vous êtes-vous fourré, Monsieur ? Comment vous êtes-vous fourré ?...

— Votre Altesse, c'est-à-dire Votre Excellence... pardonnez-moi je croyais que vous étiez Altesse. Je fais erreur... je me suis trompé, cela arrive. Vous ressemblez tant au prince Korotkoouhov que j'eus l'honneur de rencontrer chez mon ami, Monsieur Pouzyrev. Vous voyez bien que je connais aussi des princes. J'ai serré la main à un prince chez mon ami. Vous ne pouvez me prendre pour celui que vous croyez. Je ne suis pas un voleur. Votre Excellence, n'appelez pas les gens... car si vous le faisiez, qu'arriverait-il ?

— Mais comment êtes-vous venu ici ? s'écria la dame. Qui êtes-vous ?

— Oui, qui êtes-vous ? reprit le mari. Et moi, mon trésor, qui pensais que notre chat Vasska était sous le lit et éternuait. Et c'était cet homme ! Qui êtes-vous ? Parlez donc !

De nouveau le vieillard trépigna.

— Je ne puis parler, Votre Excellence, j'attends que vous ayez achevé. J'écoute vos plaisanteries spirituelles. En ce qui me concerne, c'est une histoire bien drôle, Votre Excellence. Je vous raconterai tout... N'appelez pas les gens, Votre Excellence. Agissez à mon égard avec noblesse. Ce n'est pas une affaire d'être resté sous un lit, et je n'ai rien perdu pour cela de ma dignité. Une histoire du plus haut comique. Votre Excellence, cria Ivan Andreievitch, se tournant vers la dame d'un air suppliant. Surtout, vous, Votre Excellence, vous ne pouvez pas ne pas rire... Pensez à un mari jaloux sur une scène. Vous le voyez, je m'humilie, très volontairement, je m'humilie. Certes, j'ai tué Amichka, mais... Seigneur, je ne sais plus ce que je dis...

– Mais comment êtes-vous entré ici ?

– J'ai profité de l'obscurité, Votre Excellence... J'en suis navré. Pardonnez-moi, Votre Excellence. Je demande pardon très humblement. Je ne suis qu'un mari offensé, rien de plus. Ne pensez pas, Excellence, que j'ai été l'amant. Je ne suis pas l'amant. Votre épouse est très vertueuse, si j'ose m'exprimer ainsi. Elle est pure et innocente.

– Quoi ? Comment ? Qu'osez-vous dire ? cria le vieillard, trépignant de nouveau. Auriez-vous perdu la raison ? Quelle audace de parler ainsi de ma femme !

– Ce bandit, cet assassin qui a étranglé Amichka ! s'écria la dame tout en larmes. Et il ose encore !...

– Votre Excellence, Votre Excellence. Je ne fais que dire des sottises.

Ivan Andreievitch était plus mort que vif. Je suis un imbécile et rien de plus... Considérez mon esprit comme dérangé. Je vous donne ma parole d'honneur que vous me rendriez service... Je vous aurais tendu la main mais je n'ose... Je n'étais pas seul... je suis l'oncle... c'est-à-dire que... je veux dire qu'il est impossible qu'on me prenne pour un amant. Dieu. De nouveau des bêtises... Ne vous offensez pas, Votre Excellence, cria Ivan Andreievitch, s'adressant à l'épouse. Vous êtes une dame. Vous comprenez ce qu'est l'amour, c'est un sentiment tout de finesse... Je bafouille encore. Je veux simplement dire que je suis vieux, au-trement dit un homme d'âge mûr et non un vieillard, que je ne puis être votre amant... C'est Richardson qui est l'amant, c'est-à-dire Lovelace... Ah ! que je suis bête. Mais vous voyez, Votre Excellence, que je suis un être instruit et que je connais la litté-rature. Vous riez, Votre Excellence. Heureux, heureux d'avoir provoqué votre rire, Votre Excellence. Oh ! quelle joie de vous avoir fait rire.

— Seigneur, qu'il est drôle cet homme ! s'écria la dame, éclatant de rire.

— Oui, très drôle, et comme il est sale ! proféra le vieillard, ravi de voir rire sa femme. Mon trésor, il ne peut être un voleur, mais comment est-il entré ici ?

— Curieux, en effet, très curieux, Votre Excellence. Un vrai roman. Comment ? En pleine nuit, dans une capitale, un homme sous un lit ! Étrange, curieux. Du Rinaldo-Rinaldini, d'une certaine manière. Mais ce n'est rien, tout cela n'est rien, Votre Excellence. Je vous raconterai tout. Quant à vous, Votre Excellence, je vous trouverai un autre caniche, un petit chien unique. Longs poils, courtes pattes... il ne peut faire deux pas sans se prendre dans ses poils en courant et tomber. Le sucre lui suffit comme nourriture. Je vous l'apporterai, Votre Excellence, je vous le jure.

— Ah, ah, ah ! La dame n'en pouvant plus de rire, roula sur son divan. Je vais avoir une crise de nerfs, c'est sûr. Dieu, qu'il est drôle !

— C'est vrai. Ah ! ah !... khi, khi, khi, khi. Drôle et si sale !... khi, khi.

— Votre Excellence, Votre Excellence, je suis au comble du bonheur. Je vous aurais tendu ma main, mais je n'ose, Votre

Excellence. J'ai bafouillé, je le sens, mais maintenant, mes yeux se dessillent. Je suis sûr que ma femme est pure et innocente. Je l'ai soupçonnée en vain.

— Sa femme ? Sa femme ? cria la dame les yeux pleins des larmes du fou rire.

— Il est marié, vraiment ? Je ne l'aurais jamais pensé ! observa le mari.

— Votre Excellence, ma femme... elle est la coupable, autrement dit c'est ma faute à moi, puisque je l'ai soupçonnée... je savais qu'un rendez-vous était fixé là-haut à l'étage supérieur... J'avais intercepté une lettre, je me suis trompé d'un étage et me suis trouvé sous le lit...

— Oh ! oh ! oh ! oh ! oh !...

— Ah ! ah ! ah ! ah ! ah !...

— Oh ! oh ! oh ! oh ! oh ! Ivan Andreievitch pouffa, lui aussi, de rire. Si vous saviez combien je suis heureux ! Oh ! comme il est agréable de voir que nous sommes tous d'accord et contents ! Et ma femme aussi, est entièrement innocente. J'en suis presque certain. Car elle l'est, n'est-ce pas ; Votre Excellence ?

— Ah ! ah ! ah !... khi, khi. Sais-tu qui c'est mon trésor ? put enfin dire le vieillard après avoir dominé son rire.

— Qui ? ah ! ah ! ah ! qui ?

— Mais c'est la petite charmante qui fait les yeux doux à ce gandin ! C'est elle. Je parie que c'est sa femme !

— Non, Votre Excellence, je suis sûr que ce n'est pas elle... absolument certain.

— Mais, mon Dieu, vous perdez votre temps, s'écria la dame cessant de rire, courez, filez là-haut. Peut-être les trouverez-vous ensemble ?

— Au fait, Votre Excellence, j'y vole. Mais je ne trouverai personne, Votre Excellence. Ce n'est pas elle, je le sais d'avance. Elle est maintenant à la maison. Et moi qui... je suis simplement jaloux et voilà... Qu'en pensez-vous, les y trouverai-je, Votre Excellence ?

— Oh ! oh ! oh ! oh !

— Hi, hi, hi, hi, hi, hi !... khi, khi...

— Filez, filez... Et lorsque vous redescendrez, venez nous raconter, demanda la dame. Ou plutôt... demain matin, cela vaudra mieux. Et amenez-nous la, je veux faire sa connaissance.

— Au revoir, Votre Excellence, au revoir. Je vous l'amènerai sans faute, et je suis très heureux de vous connaître. Je suis content, heureux que tout se termine de manière aussi imprévue et se dénoue pour le mieux...

— Et le bichon ? N'oubliez pas : avant toutes choses, le bichon.

— Je vous l'apporterai, Votre Excellence, sans faute, je l'apporterai, dit vivement Ivan Andreievitch qui se précipita de nouveau dans la chambre, car il était déjà sorti après avoir fait ses adieux. Certainement je reviendrai avec le bichon. C'est un amour. Comme si un confiseur l'avait fabriqué avec des bonbons. Et vous verrez, il court, se prend dans ses poils et tombe... Tel que, je vous l'assure. Je disais même à ma femme : « Qu'a-t-il donc, ma chérie à rouler tout le temps par terre ? » Il est si petit, me répondait-elle. Fait en sucre, Votre Excellence et très, très heureux de vous avoir connu. Ivan Andreievitch salua et sortit.

– Oh ! Monsieur ! attendez, revenez.

Le vieillard rappelait Ivan Andreievitch. Ivan Andreievitch rentra pour la troisième fois dans la pièce.

– Écoutez, je n'arrive pas à trouver mon chat, Vasska ? Vous ne l'avez pas vu quand vous étiez sous le lit ?

– Non, je ne l'ai pas remarqué, Votre Excellence. Du reste, je serai très heureux et considérerai comme un honneur de le connaître.

– Il a un rhume, aujourd'hui, et ne cesse d'éternuer... Il faudra le fouetter.

– Mais naturellement, Votre Excellence, les châtiments rééducatifs sont nécessaires aux animaux domestiques.

– Quoi ?

– Je dis que les châtiments rééducatifs sont nécessaires aux animaux domestiques...

– Allons, que le Seigneur vous bénisse. Je voulais simplement...

Lorsqu'il se retrouva dans la rue, Ivan Andreievitch demeura longtemps immobile, pareil à un homme qui s'attend, d'une seconde à l'autre, à s'effondrer dans une attaque d'apoplexie. Il ôta son chapeau, essuya la sueur froide de son front, fronça les sourcils, parut réfléchir et prit en courant la direction de sa maison.

Quelle ne fut pas sa stupéfaction quand il apprit, chez lui, que Glafira était depuis longtemps revenue du théâtre. Elle avait beaucoup souffert des dents, avait mandé un médecin, s'était fait mettre des sangsues. Glafira, au lit, attendait Ivan Andreievitch.

Ivan Andreievitch se frappa le front. Enfin il se rendit dans la chambre à coucher de sa femme.

– Où diable passez-vous votre temps ? Regardez-vous donc et voyez dans quel état vous êtes ! En voilà une figure ! Où vous êtes-vous fourré ? Réfléchissez, Monsieur, votre femme se meurt, et on court toute la ville pour vous trouver. Où étiez-vous ? Vous vouliez encore me prendre en flagrant délit, vous cherchiez à m'empêcher de me trouver au rendez-vous fixé ? Je ne sais à qui du reste ! Honteux, Monsieur ! On vous montrera bientôt du doigt.

– Mon trésor, répondit Ivan Andreievitch.

Mais il se sentit si fortement gêné qu'il dut prendre son mouchoir dans sa poche. Il interrompit la phrase commencée, ne trouvant ni pensée, ni parole... Alors, avec stupeur, avec effroi, avec horreur, lorsqu'il tira son mouchoir, il vit le défunt Amichka tomber sur le tapis. Il n'avait pas remarqué que, tout en rampant hors du lit, dans sa crise de désespoir, il avait fourré dans sa poche Amichka. Ivan Andreievitch espérait ainsi effacer toute trace de son acte, détruire toute preuve de son crime et éviter la punition méritée.

– Qu'est-ce que c'est ? cria l'épouse. Un petit chien mort ? Seigneur ! D'où vient-il ? Mais qu'avez-vous donc fait ? Où étiez-vous ? Répondez vite, où étiez-vous ?

– Mon cher trésor... Ivan Andreievitch se sentit plus mort qu'Amichka. Ma chérie...

Mais nous allons quitter ici notre héros, jusqu'à la prochaine fois. Un jour ou l'autre, ô mes lecteurs, nous terminerons l'histoire de tous ses malheurs, de toutes les épreuves que le destin fit subir à Ivan Andreievitch. Avouez cependant que la jalousie est une passion inexcusable, plus même : une calamité.